조정민

저자는 MBC 사회부·정치부 기자, 워싱턴 특파원, 〈뉴스데스크〉 앵커, 보도국 부국장, iMBC 대표이사를 역임하는 등 25년 동안 언론인으로 열정을 불살랐다. 현재는 구독자 23만 명 '더메시지랩' 채널을 이끄는 유명 유튜버다. 그는 이 시대가 받아들이고 이해할 수 있는 언어로 젊은 세대와 활발히 소통한다. MBC 〈무한도전〉, KBS 〈아침마당〉 등에 출연했으며, 솔직하면서 실질적이고 통찰력 있는 메시지로 세상을 살면서 어려움을 겪는 청년들에게 많은 영향을 끼치고 있다.

저서로 《왜 일하는가?》, 《사람이 선물이다》, 《고난이 선물이다》, 《조정민의 답답답》 등이 있다.

디자인 | 박은별

짧게 말해 줘

지은이 | 조정민
초판 발행 | 2024. 8. 28
등록번호 | 제 2023-000055호
등록된 곳 | 서울특별시 용산구 서빙고로65길 38 두란노빌딩
발행처 | 위더북
영업부 | 2078-3333   FAX | 080-749-3705
출판부 | 2078-3331

책 값은 뒤표지에 있습니다.

ISBN 979-11-987160-5-7 03810

독자의 의견을 기다립니다.
tpress@duranno.com   www.duranno.com

"삶의 모든 순간에 당신과 함께하는 책" 위더북은 두란노서원의 임프린트입니다.

짧
게
말
해
줘

위더북

목
차

프
롤
로
그

25년 언론인 생활 중 줄곧 머리를 싸매고 고심했다. 어떻게 줄일 것인가? 어떻게 두 마디를 한 마디로 줄일 것인가? 어떻게 이 복잡한 내용을 열 개 남짓한 문장 안에 다 담아낼 것인가? 줄이고 또 줄이고 다시 줄이다… 건너뛰는 일이 잦았다. 그러나 한 가지 소중한 것을 얻었다. 중언부언하지 않는 것이다. 비록 짧게 말하지만 꼭 해야 할 말을 빠뜨리지 않는 것이다.

알고 보니 짧게 말하는 것은 이 시대의 산물이 아니었다. 지혜를 추구한 모든 세대가 유산처럼 물려받아 지켜온 것이었다. 성경의 잠언이야말로 교과서나 같았다. 짧지만 여운이 긴 글들의 보고였다. 한 절에 담긴 영원과 무한의 향취에 이따금 눈을 감았다. 이 시대에는 이런 말과 글이 불가능한 것일까? 도전해보기로 했다. 언론인으로 담금질했던 시간들은 사전 준비를 위한 것이었을까?

새벽마다 묵상의 샘에서 한 절씩 길어 올린 한 줄 한 줄의 글이 쌓였다. 이 글들이 몇 권의 잠언록이 되었다. 다시 이 글들 가운데서 인생의 개울을 건너는 데 놓을만한 조약돌과 같은 글들을 골랐다. 《짧게 말해 줘》는 짧은 글이지만 결코 짧지 않은 것 작은 책이지만 결코 작지 않은 것 짧게 말해도 결코 한 귀로 듣고 한 귀로 흘려듣지 않으리라 짐작되는 글들을 택했다.

목적은 하나다. 비록 우리 모두에게 주어진 시간은 넉넉하지 않을지라도, 인생은 반드시 넉넉해야 하기에 삶의 여유로움과 풍요로움에 도움이 되기를 바라는 마음이다. 바람도 하나다. 앞이 보이지 않아 가슴앓이를 하는 중에 한 줄의 글에서 어슴푸레하나마 방향이나 출구를 보았기에 아린 가슴을 쓸어내리는 것이다. 아무쪼록 책의 여백에 독자 여러분들 깊고 향기로운 생각들로 채워지기를 기대한다. 이 책을 위해서도 수고한 손길들이 있다. 위더북 가족들에게 감사할 따름이다.

찌는 더위 속에
가을의 서늘함을 내다보며

2024. 08
조정민

01

피 땀 눈물

●

피와 땀과 눈물은 헛된 법이 없고,
목숨을 건 꿈은 실패하는 법이 없다.

●

모든 변화는
피와 땀과 눈물을 먹고 열린
희생과 헌신의 열매다.

땅이 끝나는 곳에서 바다가 시작되고,
바다가 끝나는 곳에서 땅이 시작된다.
끝은 항상 새로운 시작이다.

입과 혀보다는 손과 발이 정직하고,
손과 발보다는 피와 땀이 더 정직하다.

더 이상 못 참겠다.
그 고비를 넘겨야 한다.

더 이상 못 견디겠다.
그 문턱을 넘어야 한다.

더 이상 못 살겠다.
그래도 그 순간을 버텨야 한다.

행복은 언제나
그 너머에 있다.

절망도 내 안에 있고,
희망도 내 안에 있다.
희망은 영원한 자원이다.

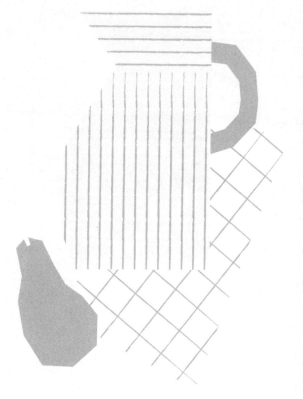

희망은 미래에 존재하게 될 것들이 지금부터 그 모습을 드러내는 신비한 능력이다.

수없이 많은 실망의 계곡을 건너지 않고 희망의 정상에 이른 사람은 없다.

넘어졌다가 일어서는 것은 부끄러운 일
이 아니고, 앞으로 가기 위해 되돌아가는
것은 어리석은 일이 아니다.

내가 바뀌지 않고 가정이 바뀌는 법이
없고, 인간이 바뀌지 않고 세상이 바뀌
는 법은 없다.

꿈꾸는 사람은 모든 사람이
장애물을 볼 때에도 가능성을 보며,
모든 사람이 낙심할 때에도
희망을 버리지 않는다.

혹독한 검증을 거치지 않은 꿈은 몽상이고, 값비싼 대가를 치르지 않은 꿈은 욕심이다.

문 하나가 닫히면 반드시 다른 문이 열린다.

닫힌 문만 쳐다보면 열린 문이 안 보인다.

02

삶의 기술

♣

삶의 기술은 균형의 기술이다.

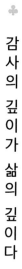

감사의 깊이가 삶의 깊이다.

♣

무슨 일이건 감사하는 사람은
누구도 넘어뜨리지 못한다.

♣

지금까지 살아온 내 인생에 감사할 수 없으면
앞으로 살아갈 남은 인생에도 감사하기 어렵다.
감사는 버릇이다.

♣

내가 행복한 사람은 남을 불행하게 만들려고
애쓰지 않는다. 내가 불행한 사람은 남을 행
복하게 할 능력이 없다.

♣

행복한 사람은 나를 도와준 사람들을 더 많이
기억하고, 불행한 사람은 나를 힘들게 한 사
람들을 더 많이 기억한다.

♣

좋은 차를 타는 것보다 걸을 수 있는 것이
복이고, 비싼 음식을 먹는 것보다 소화할 수
있는 것이 복이다.

♣

진정한 기쁨은 상황과 조건에
흔들리지 않는다.

♣

진심이 담기지 않은 말은
다 소음이다.

♣

내가 하고 다니는 말로
좋은 친구, 좋은 동료가
탄생한다.

♣

어리석은 사람이 마지막에 하는 일을
지혜로운 사람은 가장 먼저 한다.

♣

평생 먹구름 아래 사는 사람도,
일생 뙤약볕 아래 사는 사람도 없다.

반드시 시간은 지나가고,
언제나 끝은 다가온다.

힘 있는 사람은 문제의 가지를 꺾고, 똑똑한 사람은 문제의 싹을 자르고, 지혜로운 사람은 문제의 뿌리를 뽑는다.

더 할 수 있으나 멈추는 것이 지혜요, 내가 할 수 있으나 다른 사람 세우는 것이 지혜다.

♣

작아지면 커지고,
낮아지면 높아진다.
죽는 길이 사는 길이다.
지혜는 역설 속에 있다.

♣

지혜로운 사람은
지식이 많은 사람이 아니라
기도하는 사람이다.

♣

악한 때를 사는 지혜는
불평하지 않고 시기하지 않는 것이다.

♣

넓게 배려하는 만큼 넓게 살고,
높이 바라보는 만큼 높게 살고,
깊이 생각하는 만큼 깊게 산다.

♣

대부분의 갈등은 내 마음의 중심,
내 생각의 축이 흔들려서
벌어진 일이다.

♣

싸움의 본질은 누가 더 큰지를 다
투는 데 있다.

내가 더 크다고 생각하는 사람이
항상 문제를 일으킨다.

좋은 인연이란 서로 다른 것을 존중하면서 사는 것이고, 악연이란 서로 다른 것을 경멸하면서 사는 것이다.

어차피 사람은 서로 다르다.

친구는 내 얼굴이나 다름없다.

좋은 친구를 만나면
내 얼굴도 선해지고

좋지 않은 친구들과 어울리면
내 얼굴도 일그러진다.

03

인생

◆

인생을 길게 보라. 그래도 길지 않다.

◆

인생의 출발점은 내가 아니다.
인생은 누군가의 선물로
시작된 것이다.

◆

많은 것을 이루고도 허망한 인생이 있고,
남 보기에 특별한 업적이 없어도
속이 찬 인생이 있다.

◆

마지막이 불안한데 과정이 평안할 리 없
다. 죽음이 미지수이면 삶도 미지수다.

◆

인생의 보람은 어디까지 올라가느냐에
달려 있지 않고 어디서 출발했느냐에 달
렸다. 바닥은 언제나 가장 큰 가능성이다.

얼굴을 펴면 인상이 달라지고,
가슴을 펴면 인물이 달라지고,
생각을 펴면 인생이 달라진다.

진정한 가치를 발견하는 것이
인생의 가장 가치 있는 일이다.

인생의 클라이맥스는 성공이 아니라 내
목숨보다 가치 있는 것에 눈뜨는 것이다.

내 안에 선한 것이 없다는 발견이
인생 최대의 발견이다.

내가 결코 선하지 않다는 자각이
인생 최고의 깨달음이다.

가장 흔한 착각은
내가 무엇이 된 줄 아는 것이고,

가장 귀한 자각은 내가
아무것도 아니라는 것이다.

◆

세상에 내 것은 없다.

그 사실을 일찍 깨닫는 사람과
늦게 깨닫는 사람과

못 깨닫는 사람이
있을 뿐이다.

마라톤의 가치는 우승보다 완주이고,
인생의 의미는 성공보다 공생이다.

인생의 방황은 목표를 잃었기 때문이
아니라 기준을 잃었기 때문이다.

인생은 '먼저' 무엇을
할 것인가에 의해 결정된다.

가장 먼저 시간을 사용하는
그것이 인생을 결정한다.

04

일

월요병은 없다.
다만 하고 싶지 않은 일과
보고 싶지 않은 사람이
있을 뿐이다.

하던 일을 바꿔서 행복한 사람보다
일하는 태도를 바꿔서
행복한 사람이 훨씬 많다.

일터에서 사랑받는 사람이 돼라.
그리고 받은 사랑을 전하기 위해 일하라.

일터는 사람을 얻으라고 주신
귀한 그물이다.

일에 사랑을 불어넣으면 일이 기쁨이다.
자신을 위해 죽도록 일할 것이 아니라
이웃에 대한 관심과 배려로 일하면 나도 그도 다 산다.

어떤 일이건 반복하면, 그 일이 우리 영혼을 빚기 시작한다. 그러니 닥치는 대로 일해서는 안 된다.

일터는 곧 전쟁터다.
내 몫은 전쟁이 끝난 후에 생각해도 늦지 않다.

사랑 없이 하는 일은 아무 소용없다는 것을 깨달으면,
비로소 일의 진정한 목적을 알게 된다.

승진하는 데 목매지 마라. 한 걸음
늦게 가더라도 실력과 전문성을 쌓으면
일터에서 꼭 필요한 사람이 된다.

돈에 맞춰 일하면 직업이고,

돈을 넘어 일하면 소명이다.

기계는 일이 능력이지만
사람은 쉼이 능력이다.

쉼은 단순히 일을 멈추는 것 이상이다.
남의 필요를 채우는 일은
휴식보다 더 여유로운 쉼이다.

관계가 고통스러운 까닭은
신에게서만 찾을 수 있는 것을
인간에게서 찾기 때문이다.

인간은 실수가 전공이고
결핍이 특징이다.

돈을 버는 사람과는 동업자가 되고,
돈을 이긴 사람과는 친구가 된다.

적은 돈으로 행복하게 살 수 있는 길을
모르는 사람은 많은 돈을 갖고도 불행한
길을 달려간다.

꿈을 좇으면서 게으를 수 없고,
생명을 소중히 여기면서 시간을
허비할 수 없다.

05

태도

마지막은 마지막이 결정하는 것이 아니라
지금이 결정한다.

당신의 경력보다
당신의 인격이 훨씬 값지다.

*

이력서에 쓸 수 있는 것보다 쓸 수 없는 것이
훨씬 값지다. 모르는 사람에게 베푼 친절,
지나치는 사람에게 지은 미소 …

모두 이력서 대신 하늘에 기록된다.

＊

우리 모두 누군가의 사랑과 헌신에 빚진 자다.
겸손은 그 빚을 기억하고, 교만은 그 빚을 모른다.

겸손한 눈에는 내가 할 일이 보이고,
교만한 눈에는 남이 할 일만 보인다.

*

비판은 내 생각의 수준을 드러내고,
비난은 내 인격의 수준을 드러낸다.
그래서 웬만하면 오래 참는 편이 낫다.

＊

그릇된 열심 때문에 원망과 불평이 자라고,
빗나간 열정 때문에 정욕과 교만에 휘둘린다.

*

상식을 소중히 여기는 것보다
건강한 인격이 없고,
약속을 제대로 지키는 것보다
신실한 성품이 없다.

＊

정직과 거짓은
내 삶의 구석구석에 스며들어
나도 모르는 사이에 내 인생 전체를
바꾸어 놓는다.

＊

자기 몫에 욕심이 없는 사람은
다른 사람을 시기할 이유가 없다.
시기심은 탐욕에서 자라난다.

＊

시기심을 극복한 사람은
다른 사람이 어떤 대접을 받건
별 관심을 두지 않는다.
물론 … 내가 받는 대접에도
큰 관심을 두지 않는다.

＊

리더에게 시기심은
치명적인 독이다.

지도자는 시기심으로 가득한
자가 아니라 은혜로 가득한
자여야 한다.

*

모든 자유는
두려움과 부러움으로부터의
자유다.

*

깨끗하지 않은 연못에서도 연꽃이 피고,
혼탁하기 이를 데 없는 세상에서도 성자가
나오는데 어떻게 환경만을 탓하겠는가?

*

내가 그 자리에 앉지 못해
서운하거나 화가 나는 까닭은
내 꿈이 그 자리만도 못하기 때문이다.

*

변명은 실패라는 집에 쓰는 못이다.
못을 사방으로 박아 허물어지는
집을 가까스로 지탱하느니
그 집 허물고 새집 짓는 편이 낫다.

＊

좋은 뜻으로 말하고 좋은 의도로
일하다가 낙심하지 마라. 때가 되면
선의는 반드시 좋은 열매로 되돌아온다.

＊

좋은 음식 먹고 사는 것보다
좋은 마음먹고 사는 것이
비할 수 없이 건강하다.

*

서로 깊이 이해하고 사랑하는 사람과는 말 없이 앉아 있어도 대화 이상의 공감을 경험한다. 대화보다 중요한 것은 열린 마음이다.

열린 마음은 온 세상을 품을 수도 있지만,
닫힌 마음은 바늘 끝조차 들어갈 틈이 없다.

*

머리보다 마음이 중요하다.
마음은 생명의 자리다.

*

무슨 일이건
그 일을 반드시 이루고자 하면
마음부터 굳게 붙들어야 한다.

＊

과거에서 자유로워지는 비결이
무엇일까? 용서하는 것이다.
더불어 내가 용서받은 것을 기억
하는 것이다.

＊

먼저 용서하고, 먼저 사랑하고,
먼저 화해하라.
이 일을 먼저 하지 않은 사람은
눈 감을 때 예외 없이 후회한다.

＊

가장 위대한 사람은 가장 많은
업적을 남긴 사람이 아니라
가장 많이 용서한 사람이다.

＊

한 번씩 자신을 쓰다듬어 주고
격려해 주라.

스스로 위로할 줄 아는 사람이어야
남도 위로할 수 있다.

06

고난

∞

훈련은 근육을 단련하고,
고난은 영혼을 연단한다.

∞

어둠은 동터 올 새벽의 사인 sign 이다.
내리막은 곧 나타날 오르막의 사인이다.
고난은 다가올 축복의 사인이다.
사인의 뜻을 알면 결코 주저앉지 않는다.

깨어졌기에 아픔을 알고,
넘어졌기에 회복을 안다.

∞

생명과 고통은 함께 잉태된다.
생명이 선물이듯이 고통도 선물이다.

∞

고난은 해석되지 않으면 고난이고,
해석되면 축복이다.
고난의 깊은 뜻을 모르면 피하고,
알면 스스로 뛰어든다.

∞

인생에는 고난이 파도처럼 오고 또 온다.
제아무리 성난 파도라 할지라도 고래를 삼킬
수 없듯이, 아무리 큰 고난이라도 고난에 뛰어
든 사람을 어쩌지 못한다.

∞

고난의 의미를 아는 사람이
고난을 감당한다.
고난을 이겨낸다.

∞

고난은 해답을 요구하는 것이 아니라
뚫고 이겨낼 의지를 요구한다.

∞

고난의 의미와 유익을 알면,
어떤 고난도 두렵지 않다.
오히려 고난의 파도타기를
즐기는 사람이 된다.

높은 산 정상에서
보물을 캔 사람은 없다.
보물은 언제나 낮은 곳
깊은 땅 속에 있기 때문이다.

07

사랑

♥

사랑은
의미 없는 것을 의미 있게 하고
가치 없는 것을 가치 있게 만드는
유일한 능력이다.

♥

두려움을 내쫓는 것은 사랑이다.
사랑이 차올라야 두려움이 사라진다.

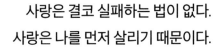

사랑은 결코 실패하는 법이 없다.
사랑은 나를 먼저 살리기 때문이다.

사랑하는 만큼 내가 넓어지고,

미워하는 만큼 내가 좁아지고,

위선하는 만큼 내가 굽어진다.

♥

사랑하면 기다린다.
기다림은 동행의 첫걸음이다.

누군가를 진실로 사랑한다면,
어떤 것도 희생이라고 말하지 않는다.

♡

나를 바꿀 수 있는 유일한 힘은
지식이 아니라 사랑이다.

세상을 바꿀 수 있는 유일한 힘은
권력이 아니라 사랑이다.

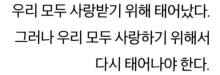

우리 모두 사랑받기 위해 태어났다.
그러나 우리 모두 사랑하기 위해서
다시 태어나야 한다.

사랑한 만큼 성공하고,
미워한 만큼 실패한다.

♥

사랑은 온몸을 눈과 귀로 만들고,
미움은 온 마음을 벽과 담으로 만든다.

♥

사랑은 옳고 그름을 따지지 않고 그냥
그 사람의 편이 되어 주는 것이다.

♥

사랑하면 무엇보다 생명을 귀하게 여
긴다. 사랑이 없으면 생명도 한낱 물건
이다.

사랑의 빚은 되갚을 수 없는 것이다.
받은 사랑은 늘 다른 누군가에게 흘러갈 뿐이다.

나를 포기하는 것이 사랑임을 깨닫지 못한다면
일생 나 외에 누구도 사랑할 수 없다.

사랑하면 져 줄 수 있다.
가장 많이 사랑하는 사람이
때로 가장 많이 지는 사람이다.

사랑할 줄도, 용서할 줄도,
배려할 줄도 모르는 사람이 있다면
내가 먼저 사랑하고 용서하고
배려하는 수밖에 없다.

사랑은 언제나 내리사랑이다.

♥

사랑은 스스로 권력 의지를 꺾는다.
그 결과 사랑은 자연스럽게 화합을 이룬다.

♥

마음에 사랑이 차오를 때 말하고,
손발에 사랑이 차오를 때 도우면
아무도 상처받지 않는다.

♥

일을 잘한다고
어른이 되는 것은 아니다.

어른이란 어디서건
사랑할 줄 아는 사람이다.

♥

사랑이 사라진 곳에
죄가 자란다.

사랑이 식은 곳에
권력이 자란다.

권력은 나보다 강한 것을 섬기고,
사랑은 나보다 약한 것을 섬긴다.

08

영성

†

모든 사람이 몰려간다고 답이 아니다.
시대와 공간을 뛰어넘는 진리가 답이다.

진정한 탁월함은 사랑을 드러낸다.
진정한 탁월함은 생명을 드러낸다.
진정한 탁월함은 비전을 드러낸다.
영성은 그러므로 탁월함의 샘이다.

✝

기도는 내 일에
신이 응답하는 것이 아니라,

신이 하는 일에
내가 응답하는 것이다.

†

기도의 자리는 인생의 주어가
나에서 하나님으로 바뀌는 자리다.

✝

기도는 사랑을 낳고
생각은 미움을 낳는다.

기도할수록 사랑하게 된다.

✝

믿음은 다가올 현실을
미리 바라보는 눈이다.

✝

은혜는 기억하는 만큼
가슴에 연민이 차오른다.

✝

구원은 더 이상
나를 추구하는 삶을
살지 않겠다는
결단을 수반한다.

✝

우리는 일생 헤아릴 수 없이
많은 사랑의 빚을 지고 산다.

그 빚이 얼마나 큰지 알면
날마다 풍성해지고,

그 빚이 얼마나 되는지 모르면
날마다 메말라간다.

성장

내 힘에 부치고 내 능력에 넘치는 일이
주어지는 까닭은 내가 업그레이드 될
때가 되었다는 사인 sign 이다.

피하고 도망가면 제자리걸음이다.

나를 돌아보고
나를 나무라는 사람은
다른 사람을 살피고
다른 사람을 지적할 시간이 없다.

비범한 사람을 부러워 말고,
비범한 고난을 두려워 마라.

그 사람이 비범한 이유는
내가 피한 고난을 끝까지
견뎌 냈기 때문이다.

움켜쥐면 움켜쥘수록
오히려 가난한 사람이 되고,

나누면 나눌수록
오히려 더 부요한 사람이 된다.

미숙한 사람은
어떤 일이건 남을 비난하고,

성숙한 사람은
무슨 일이건 내가 보완한다.

내가 제일 고생하고
내가 다하는 것 같지만

누군가의 희생으로 내가 성장하고,
누군가의 아픔으로 내가 성숙한다.

싸우려면 가장 큰 적과 싸워야 하고,
버리려면 가장 큰 것을 버려야 한다.

가장 큰 것은 다 내 안에 있다.

늘리고 키우고 불리는 것은 능력이지만,
적절히 멈추는 것은 더 큰 능력이다.

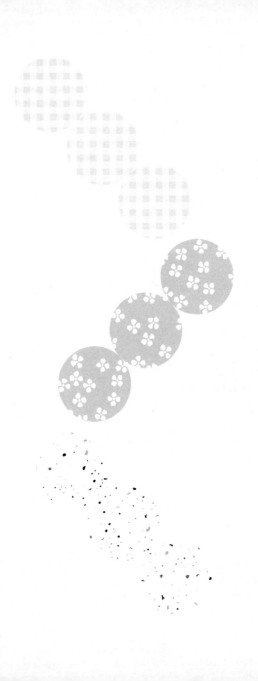

젊어서 아름다운 것이 아니라
순수해서 아름다운 것이고,

늙어서 추한 것이 아니라
탐욕스러워서 추한 것이다.

눈물로 뿌린 씨앗,
땀으로 뻗은 가지,
인내로 핀 꽃,
다 아름답다.

그러나
꽃이 지고 맺힌 열매,
더 아름답다.

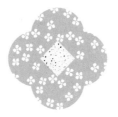

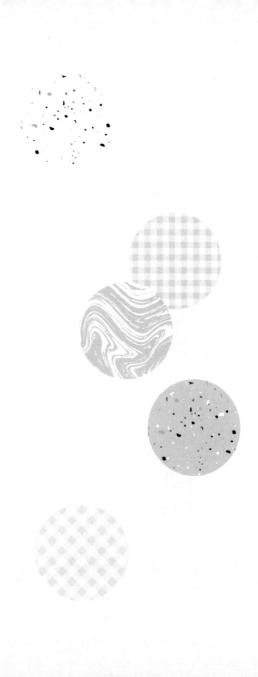

조각난 유리조각도 맞춰지면
스테인드글라스가 된다.

내 눈에 쓸모없어도
대가의 눈에는 이미
걸작이다.

나이 든 만큼
어른 되는 것이 아니라
남을 배려하는 만큼
어른스러워지는 것이다.

나를 위로하는 능력으로
남을 위로하고,

나를 용서하는 능력으로
남을 용서하고,

나를 사랑하는 능력으로
남을 사랑할 수 있다.

더 이상 나아갈 수 없으면 기다리면 된다.

짧
게
말
해
줘